GEORGE DURUY

Professeur d'Histoire et de Littérature
à l'École Polytechnique.

L'ÉCOLE POLYTECHNIQUE

1814-1914

PARIS

LIBRAIRIE HACHETTE ET Cie

79, BOULEVARD SAINT-GERMAIN, 79

1914

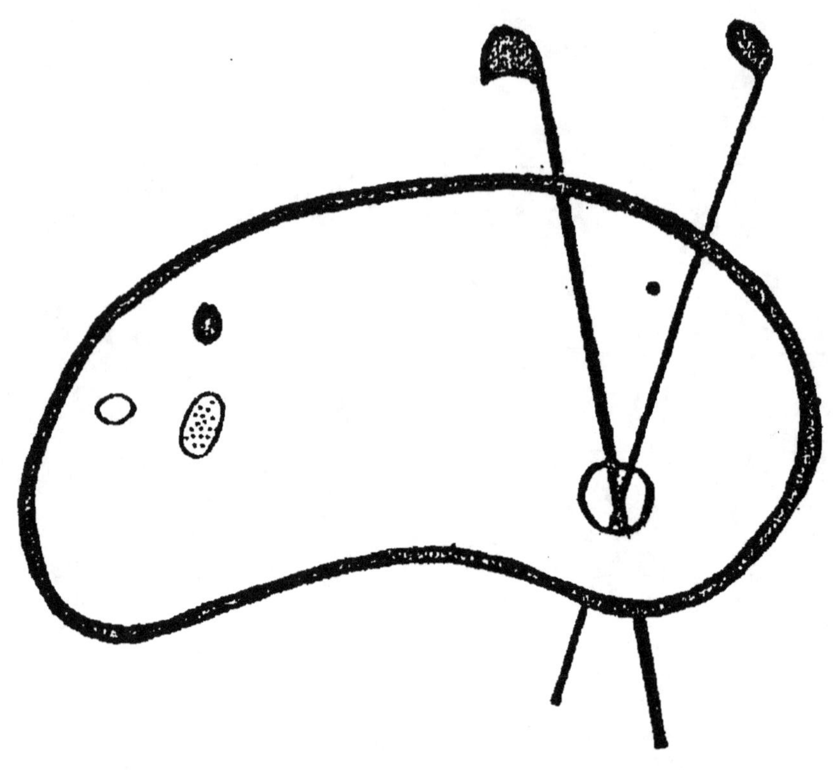

FIN D'UNE SERIE DE DOCUMENTS
EN COULEUR

GEORGE DURUY

Professeur d'Histoire et de Littérature
à l'École Polytechnique.

———

L'ÉCOLE

POLYTECHNIQUE

1814-1914

PARIS

LIBRAIRIE HACHETTE ET Cie

79, BOULEVARD SAINT-GERMAIN, 79

——

1914

AUX ÉLÈVES

DE L'ÉCOLE POLYTECHNIQUE

L'École Polytechnique

1814-1914

Il y a un siècle, l'Europe, sur qui la France révolutionnaire ou impériale avait débordé irrésistiblement pendant vingt ans, à son tour refluait sur nous.

La Grande Armée avait péri dans les mornes steppes glacés où l'avait entraînée une grandiose et folle conception du génie effréné de Napoléon. Une nouvelle armée — aussi héroïque, moins résistante, — avait dû évacuer l'Allemagne soulevée et repasser le Rhin. Avec les débris de ses régiments « *de granit et d'acier* », l'Empereur se préparait à jouer la partie suprême dont les phases tragiques allaient se dérouler dans les plaines de la Champagne. De Russie, de Prusse, d'Autriche, de Suède, d'Angleterre, d'Espagne, de partout, un flot d'ennemis se ruaient à l'assaut de nos frontières dégarnies, que seul protégeait encore l'effroi qu'inspirait aux vainqueurs, surpris de leur victoire, le grand homme vaincu mais toujours redouté.

Déjà libérale en ce temps-là, l'École Polytechnique avait boudé l'Empire quand Napoléon était le maître tout-puissant de la France et de l'Europe. Mais elle était aussi profondément patriote, comme aujourd'hui. Une sûre intuition de ce patriotisme lui révéla que l'heure était venue d'oublier le despotisme de Napoléon pour ne se souvenir que de son génie, et l'École ne vit plus dans l'incomparable capitaine que le palladium suprême de la patrie en danger.

Dès le 29 décembre 1813, les Élèves avaient demandé au Gouverneur de l'École et à l'Empereur lui-même « *de voler aux frontières pour partager la gloire des braves qui se dévouent au salut de la France* » (1). L'Empereur décida que cette généreuse jeunesse, impatiente de verser son sang pour la plus sainte des causes, serait admise à l'honneur de servir, sous les ordres d'un officier de la Garde Impériale, l'artillerie de la Garde Nationale de Paris.

Et, joyeuse, « *la Poule aux œufs d'or* » hérissa ses plumes pour le combat.

Le 30 mars 1814, au moment où les Alliés arrivaient devant Paris, les Polytechniciens se portèrent, de la barrière du Trône, dans la direction de Vincennes et ouvrirent le feu de leurs 28 pièces sur un corps de cavalerie ennemie. Un duel très vif d'artillerie s'engagea ; les gargousses d'un caisson s'enflammèrent ; huit élèves furent atteints par l'explosion.

1. On lira avec un très vif intérêt la belle « *Histoire de l'École Polytechnique* » par M. le commandant G. PINET (1 vol. in-4°, Paris, Baudry, 1887). — Voir aussi un excellent article de M. le capitaine M. SAUTAI sur la participation de l'École Polytechnique à la défense de Paris contre les Alliés en 1814, dans le n° de février 1914 des « *Marches de l'Est* ».

Quelques instants après, à la faveur d'un mur qui avait masqué son approche, une charge de Cosaques s'abattait sur eux : deux tambours étaient tués, un lieutenant et onze élèves blessés de coups de lance et de sabre, deux pièces tombaient au pouvoir de l'ennemi. Mais un vigoureux retour offensif permit aux Polytechniciens de les reprendre et, s'attelant eux-mêmes à leurs canons, ils purent les ramener au complet à la barrière du Trône. Ils y arrivèrent harassés, poudreux, sanglants. Des conscrits de la dernière levée, des enfants comme eux, les « *Marie-Louise* », qui faisaient, en blouses et sabots — comme en 93 ! — l'apprentissage du feu, les recueillirent.

Ce jour-là, fut conclu en face de l'ennemi, entre les Élèves de l'École Polytechnique et le peuple de Paris, un pacte de mutuelle affection. En 1830, le Polytechnicien Vaneau et trois de ses camarades l'écrivaient et le signaient héroïquement de leur sang sur les pavés de Paris soulevé contre les Bourbons. Et depuis lors, à chaque journée de forte émotion populaire, le pacte ressuscite, le cœur de Paris et celui de l'École battent à l'unisson.

Quand Paris est calme, les Élèves de l'École Polytechnique travaillent. Entre temps, avec une touchante sollicitude, ils remplissent le devoir social que la vie leur a imposé lorsqu'elle a fait d'eux des privilégiés, sinon de la fortune, du moins de l'instruction. Le quartier qu'ils habitent n'est pas riche. L'École est un îlot que la misère de la Montagne Sainte-Geneviève entoure. Ils laissent venir cette misère à eux; ils vont à elle, en portant eux-mêmes à domicile des secours aux pauvres honteux. Mais l'aumône qui ne cherche pas à réconforter l'âme en même temps que le corps n'est que la moitié d'une bonne œuvre. Ces jeunes gens le savent. Et c'est une de leurs traditions les plus respectables, que de porter aux malheureux, en même temps que ces secours, de bonnes paroles, des paroles de douce et compatissante solidarité humaine, qui réchauffent le taudis glacial en chassent l'envie et la haine.

Quand Paris remue, quand des profondeurs de la ville immense, monte soudain une de ces lames de fond irrésistibles qui emportent comme des fétus de paille les régimes politiques sûrs, la veille encore, de leur durée, les Élèves de l'École Polytechnique paraissent dans les rues, parlent de concorde nationale, de respect de la loi, de Patrie, affirment que ces choses sacrées doivent être respectées — et le peuple, qui les a vus à l'œuvre, essayant d'adoucir ses misères, les laisse sans colère tâcher à calmer ses fureurs.

Que la France ou que la liberté soient en péril, l'École Polytechnique est là, prête à verser son sang. S'agit-il d'aller promener les trois couleurs au Tonkin, à Madagascar, dans la brousse du Congo, au Maroc, dans tous les lieux du vaste univers où il faut que des Français meurent pour que la France soit plus grande, l'École Polytechnique est là, avec ses artilleurs et ses sapeurs. S'agit-il de le faire flotter, ce drapeau bien-aimé, sur les mers proches ou lointaines, l'École Polytechnique est là encore, avec ceux des siens qu'elle donne à la Marine, pour monter des vaisseaux que d'autres Polytechniciens souvent ont construits. S'agit-il enfin de descendre dans les noires profondeurs de la mine homicide pour vérifier s'il n'y reste pas quelques existences humaines à sauver du grisou : l'École Polytechnique est là toujours, avec ses ingénieurs, et ces Polytechniciens civils s'enfoncent dans la fosse, avec la mâle résolution de soldats qui, ayant fait le sacrifice de leur vie, montent bravement à l'assaut.

Dans les manufactures, dans les usines, dans les laboratoires, ils travaillent infatigablement. Et la nation bénéficie de leur immense labeur. Des poudres nouvelles, qui assuraient la supériorité de sa marine et de son armée, peut-être ont détourné d'elle il y a quelques années une agression qui la menaçait dans l'ombre : c'est un Polytechnicien qui les avait inventées. Avec un égal succès, ils demandent à la Science, les uns des applications utiles, les autres la révélation de ses plus augustes secrets et, en les découvrant, ils soutiennent et grandissent dans le monde le juste renom de la France. Munis des trois outils merveilleux : le calcul, l'observation, l'expérimentation, ils élargissent sans relâche le champ — si vaste et si petit ! — des connaissances humaines. Ils sont parmi les meilleurs de ce bataillon sacré des savants, devant qui recule peu à peu le mystère effrayant de l'incompréhensible univers.

****

Or, cette École dont la fonction propre est depuis un siècle de se dévouer pour la Patrie, de la servir de toutes les manières, de peiner inlassablement pour elle, cette École a un drapeau — et ce drapeau n'est pas décoré.

Ne va-t-il pas l'être enfin, à l'occasion du centenaire

de cette année 1814 en laquelle les Élèves de l'École Polytechnique prirent si vaillamment part à la défense de Paris contre les Alliés ? — A cette heure où beaucoup de vocations militaires, au lieu de se montrer pleines d'une belle confiance comme autrefois, semblent hésitantes, inquiètes au sujet de ce que l'avenir leur réserve, ne serait-il pas opportun de leur fournir une raison d'aimer plus encore la noble profession qu'elles ont choisie, en leur prouvant que l'armée est toujours, qu'elle est plus que jamais la fille chérie de la nation ? On donne la médaille du travail aux bons ouvriers. Ceite croix serait en l'espèce une juste récompense offerte à chacun de ces bons ouvriers de la grandeur française qu'ont été depuis plus d'un siècle les Polytechniciens. Et qui sait si parmi ceux — trop nombreux aujourd'hui ! — qui renoncent prématurément au métier militaire, il n'en est pas que cette croix attachée au drapeau de leur chère École, attacherait eux-mêmes plus solidement à l'armée ? Elle ne serait qu'un symbole, cette croix, le symbole de la reconnaissance nationale. Mais un symbole tel que celui-là parlerait très clairement. A l'officier d'artillerie, du génie, découragé par la lenteur de l'avancement, par la modicité de la solde il dirait : « *Ne t'en va pas ! C'est ici, non ailleurs, que la France a besoin de toi. Reste ! C'est la vieille École elle-même qui te conjure de rester !* » Et ce langage serait entendu. Car la dette payée par le pays à l'École rendrait plus impérieux encore dans le cœur de tout Polytechnicien le sentiment qu'il a lui-même de son devoir envers le pays.

*
* *

La France n'est pas une parvenue de la gloire. Elle n'éprouve pas le besoin de crier qu'elle a très souvent vaincu — tant il lui semble naturel d'avoir été si souvent victorieuse. Elle n'élève pas de vastes monuments commémoratifs de toutes ses victoires — même des plus insignes! A quoi bon? Il y en a tant, de celles-là, dans le passé semé de gloire·qu'elle traîne comme un manteau royal après elle! Et la façon dont elle les a inscrites dans l'histoire a quelque chose de tellement souverain, qu'il serait superflu de demander à des pierres d'en porter témoignage. Un monument « colossal » pour Austerlitz, un autre pour Iéna? Inutile en vérité. Austerlitz et Iéna ne sont que deux noms pris parmi tant d'autres: ces deux noms sont plus impérissables que les assises superposées de granit au moyen desquelles on prétendrait les commémorer.

Mais il ne faut pourtant pas que la France oublie — ou plutôt laisse croire qu'elle oublie! — alors que tant d'autres autour d'elle croient devoir à tout propos affirmer bruyamment qu'ils se souviennent. Si, à l'occasion du centenaire de 1814, il ne nous plaît pas — par pure discrétion de peuple habitué pendant des siècles à vaincre! — de célébrer Champaubert, Montmirail, Mormant et Montereau, que notre Président de la République, que notre Ministre de la Guerre, se laissent tenter par la sobre et très française élégance du geste qui attacherait simplement une Croix d'Honneur au drapeau de l'École Polytechnique, en souvenir et comme insigne récompense de tout ce que cette

École a fait, depuis qu'elle existe, « *Pour la Patrie, les Sciences et la Gloire.* »

Et ce serait une belle fête, réconfortante, excitatrice de pensées viriles ; une fête comme il en faut à notre peuple, à cette heure où tant de bruits d'armes préparées retentissent dans le monde et rappellent les terribles réalités de la guerre aux chimériques esprits qui rêvent de désarmer la France ; une fête où serait exalté pieusement, sans jactance, le sentiment sauveur, l'amour de la Patrie ; une fête où le cœur de Paris et celui de l'Armée trouveraient avec joie l'occasion de fraterniser une fois de plus ; une fête, enfin, où l'image auguste de la France apparaîtrait à tous dans les plis du drapeau décoré — sereine, résolue, avec une flamme dans les yeux.

George DURUY,

Professeur d'Histoire et de Littérature
à l'École Polytechnique.

12 mars 1914.

A Monsieur RAYMOND *POINCARÉ*

Président de la République

Paris, 21 mars 1914.

Monsieur le Président,

Je prends la liberté de vous faire hommage de quelques pages dans lesquelles je rappelle briëvement les titres de l'École Polytechnique à la gratitude du pays. Ce rappel ne m'a pas paru inopportun en ce moment. Les Élèves de cette École, en effet, souhaiteraient ardemment que leur drapeau fût décoré, à l'occasion du Centenaire de la Défense de Paris contre les Alliés à laquelle leurs aînés prirent, dans la journée du 30 mars 1814, une part si honorable.

Le Ministère de la Guerre, saisi de l'affaire par le Général Commandant l'École, ne paraît disposé, dit-on, à donner qu'une satisfaction incomplète au vœu des Élèves : une petite cérémonie commémorative aurait lieu à l'intérieur de l'École; le Ministre y assisterait — honneur qui serait très vivement apprécié —; mais le drapeau ne serait pas décoré. La grande objection semble être qu'on ne saurait accorder cette distinction insigne au drapeau de Polytechnique sans en étendre le bénéfice au drapeau de Saint-Cyr.

Menacés d'une petite déception, car ils espéraient plus et mieux que la récompense un peu timide qu'il est question de décerner à une Maison comme la leur — qui a tant fait pour la France! — les Élèves de l'École Polytechnique tournent vers vous, Monsieur le Président, leur espérance alarmée.

Vous portez un nom que l'École honore à l'égal des plus grands parmi ceux dont elle a le droit de s'enorgueillir — un nom polytechnicien — et la façon dont vous le portez ajoute encore à l'éclat que lui a donné un mathématicien de génie.

Elle ne se contente pas de vous respecter infiniment comme le très digne Chef de notre État : laissez-moi vous dire qu'elle vous aime. Au mois d'octobre dernier, un de leurs professeurs parlait à ces jeunes gens du voyage que vous faisiez alors en Espagne : si vous aviez vu quelle ardente sympathie se lisait sur leurs visages! Ne vous serait-il pas possible d'accorder votre haut patronage à leur désir? Et, pour trancher équitablement la difficulté que soulèverait, parait-il, la réalisation de ce désir, serait-il donc si difficile de décorer le drapeau de Saint-Cyr en même temps que celui de Polytechnique? Il y a longtemps que Polytechniciens et Saint-Cyriens ont l'habitude de mêler, pour la France, leur sang dans les batailles. Qui donc pourrait trouver mauvais que la France unît à son tour, dans un même témoignage de reconnaissance nationale, les deux illustres

Écoles d'où sont sortis tant d'héroïques ouvriers de sa grandeur?

Je vous prie de vouloir bien agréer,
Monsieur le Président,
l'hommage de mon profond respect.

George DURUY,
Professeur d'Histoire et de Littérature
à l'École Polytechnique.

Le samedi 28 mars 1914, le Ministre de la Guerre venait visiter l'École : les Élèves, après avoir été passés en revue, défilaient devant lui dans la cour d'honneur. Au cours d'une allocution prononcée dans l'amphithéâtre de Physique, le Ministre annonçait qu'en vertu d'une décision prise par le Gouvernement de la République, les deux drapeaux de l'École Polytechnique et de Saint-Cyr seraient décorés solennellement à la Revue de Printemps du mois d'avril 1914.

PARIS. — IMP. LAHURE
9, RUE DE FLEURUS, 9

www.ingramcontent.com/pod-product-compliance
Lightning Source LLC
LaVergne TN
LVHW021906180726
843502LV00008B/2919